LE PETIT LIVRE

à Quinze Sols.

486

AVIS.

L'abonnement est de 9 francs pour Paris,
et de 11 francs pour les départemens, *franc
de port.*

L'argent, les lettres et les paquets doivent
être adressés, *francs de port*, au Bureau, rue
des Bons-Enfans, n°. 23, *à Paris.*

On souscrit à PARIS :

Chez M. POULAIN, au Bureau, rue des
Bons-Enfans, n°. 23;

Et chez :

POULET, Imprimeur - Libraire, quai des
Augustins, n°. 9;

EYMERY, Libraire, rue Mazarine, n°. 30;

Et chez tous les Libraires des départemens.

LE PETIT LIVRE

à Quinze Sols,

ou

LA POLITIQUE DE POCHE.

~~~~~~~~~~~~~~~~~~~~~~~~~~~~~~

11ᵉ. Tome.

~~~~~~~~~~~~~~~~~~~~~~~~~~~~~~

PARIS,

DE L'IMPRIMERIE DE POULET,

QUAI DES AUGUSTINS, Nᵒ. 9.

~~~~~~~~~~

1818.

LE PETIT LIVRE

à Quinze Sols.

DE L'INFLUENCE DES COURS

DANS LES MONARCHIES ABSOLUES.

Sous le régime féodal, les souve-
rains ne craignaient point les peuples,
parce que les peuples n'ayant aucune
consistance sociale, aucun sentiment
d'un' intérêt commun, aucune ins-
truction, aucune communication
d'une province, ou même d'un
canton à un autre; parce que les peu-

ples ne formant point un corps de
nation, mais des troupeaux épars de
serfs ou d'esclaves, il était impossible
qu'il y eût jamais des soulèvemens po-
pulaires bien dangereux pour ceux
qui gouvernaient.

Sous le régime féodal, les princes
n'avaient à redouter que l'ambition,
l'esprit factieux et les attaques des sei-
gneurs. Il n'existait de guerre qu'entre
la royauté et l'aristocratie, se disputant
le droit de dévorer la substance du
peuple, qui, toujours la proie de l'un
ou de l'autre, n'était appelé dans leurs
querelles que comme un instrument;
aussi l'histoire intérieure des vieilles
monarchies féodales n'est-elle réellement que l'histoire des combats de
l'aristocratie et de la royauté.

Mais les choses ont bien changé depuis que les peuples ont acquis de
grandes richesses et des lumières.

Les rois absolus se sont donc unis

au corps de l'aristocratie pour parvenir à étouffer l'énergie des peuples, pour empêcher la formation de l'esprit public, et la manifestation de la vérité, pour opposer, les uns aux autres, les intérêts et les opinions des différentes classes de citoyens, enfin pour les empêcher de se concérter et de se réunir dans le sentiment et l'action d'un intérêt commun.

C'est ainsi qu'on a vu les princes acheter ou ennoblir les hommes, les familles ou les corporations, que le génie, l'éloquence ou les richesses pouvaient rendre plus redoutables à leur despotisme, ou qui l'avaient bien servi ; c'est ainsi qu'on a vu pendant des siècles les gouvernemens propager la corruption et le fléau du plus honteux égoïsme ; c'est ainsi qu'on les a vus nourrir la discorde, en autorisant la tyrannie de quelques hommes ou de quelques corporations sur

la masse des citoyens; c'est ainsi qu'on
les a vus semer l'erreur, soutenir les
préjugés, dégrader les esprits par la
superstition, ou les égarer par le fa-
natisme.

C'est ainsi qu'on a vu se former,
dans toutes les monarchies absolues,
un pouvoir énorme dont l'influence
corruptrice s'est fait sentir jusqu'au
fond des chaumières, y a gâté les
mœurs, et soufflé tous les genres d'ambition et de vanité.

Telle fut la politique des despotes.
Après s'être alliés avec les peuples pour
soumettre les barons, les princes s'ap-
puyèrent sur les barons pour conso-
lider leur despotisme sur les peuples ;
c'est ainsi que les princes opposèrent
leurs sujets à leurs sujets, et entretin-
rent dans leurs états le ferment des di-
visions et des troubles intestins ; c'est
ainsi que le corps aristocratique, au-
paravant rival et ennemi secret des

princes, fut amené à seconder leur
despotisme : ce qui nous explique à
quel dessein l'on institua la pompe et
la magnificence des cours, et toutes ces
grandes places, sans fonctions réelles,
qui nourrirent l'orgueil des grands, et
propagèrent le luxe le plus effréné, en
ruinant la fortune de l'Etat et celle
même des particuliers.

Telle est l'origine du pouvoir et de
l'influence des cours (1), qui furent
toujours les seuls régulateurs des affaires, et le foyer de toutes les tyrannies qui pesèrent sur les peuples, partout où un régime constitutionnel, sa-
gement combiné et bien observé,
n'en arrêta point les prétentions, et
n'en restreignit pas l'action aux actes
de pur cérémonial : partout où il ne se
trouva pas à la tête des empires des

---

(1) Je veux dire le corps des grands qui
environnent les princes.

princes qui exercèrent la tyrannie à leur profit, ou qui ne dominèrent pas par la force de leur génie, et par le prestige de la gloire.

Le but commun des despotes et des corps aristocratiques étant toujours de réduire les peuples à une obéissance passive, et de s'assurer la plus grande part possible dans les produits de leurs domaines et de leurs travaux, ce serait donc s'abuser étrangement que de compter désormais sur la désunion réelle des despotes et des corps aristocratiques, à quelque point que cette désunion semblât portée.

Les peuples qui vivent sous la monarchie absolue ne doivent jamais perdre de vue ces considérations.

Considérations relatives aux monarchies constitutionnelles.

———

Lorsqu'un peuple , vivant sous un régime constitutionnel, est tourmenté par l'ambition d'une puissante faction aristocratique, lorsqu'il veut conserver tous ses droits, et les mettre à l'abri de tout danger, il ne doit pas moins éloigner de sa représentation les députés qui seraient à la dévotion du ministère, que ceux qui seraient les partisans avoués de la faction aristocratique; car l'influence de celle-ci est permanente, et son action n'est jamais interrompue, quoiqu'elle ne soit pas toujours victorieuse; aucun des avantages acquis au pouvoir ministériel n'est perdu pour

elle, et, en ce sens, il est vrai de dire
,que l'aristocratie n'aurait pas de plus
utiles amis que ses ennemis les plus
prononcés, si, pour la comprimer,
ceux-ci venaient à fonder un système
d'arbitraire ; parce que le système une
fois établi, l'aristocratie n'aurait plus
que le changement de quelques hommes
à obtenir, pour se trouver investie de
l'autorité absolue instituée contre elle,
momentanément.

S'il arrivait qu'un ministère, ayant
des projets d'asservissement contre le
peuple, parvint à composer la représentation d'hommes qui partageraient
ses principes, si ce ministère était
renvoyé, ou s'il était forcé de changer
de plan, il faudrait donc recourir à la
mesure, toujours dangereuse, de la dissolution de la chambre, ou se résigner
à tous les maux qu'entraînerait une
violente opposition à la nouvelle marche du gouvernement.

Nous pouvons, pour nous en convaincre, jeter nos regards en arrière, et nous rappeler la lutte de la chambre de 1815 contre le ministère, qui a provoqué l'ordonnance du 5 septembre.

Que si les députés sont simplement les complaisans du ministère, quel que soit son plan, la représentation sera réellement illusoire ; et s'il survient des circonstances qui fassent alternativement changer de plan le gouvernement, ce qui se verra partout où les chefs de l'Etat n'auront pas pour but unique l'intérêt national, les députés se plieront à tout, voteront successivement le pour et le contre (1); l'Etat tombera dans le désordre, et le

_____

(1) Quelle longue liste ne pourrions-nous pas former des hommes qui n'ont pas cessé d'être d'intrépides ministériels sous tous les gouvernemens qui se sont succédés !

Tome XI.

mécontentement de la nation écla-
tera.

Conclusion.

Si les collèges électoraux dictaient
aux princes le choix de leurs ministres,
c'en serait fait de la monarchie : par la
même raison, c'en serait fait du régime
représentatif, partout où les ministres
parviendraient à faire composer d'hommes à eux la représentation nationale.
Que les électeurs voyent donc à quels
dangers ils exposeraient la liberté et
l'Etat lui-même, en se laissant entraî-
ner à faire des nominations conformes
aux vues d'un ministère qui peut être
remplacé d'un jour à l'autre.

Il n'y a que l'intérêt du peuple qui
ne change point ; il n'est donc qu'une
seule bonne représentation, c'est celle
qui est nommée dans l'intérêt direct et
réel du peuple.

Nismes, 22 septembre 1818.

Monsieur,

Il se répand ici une circulaire écrite par un homme qui avait acquis, avant ce jour, de grands droits à notre confiance, et qui vient tout-à-coup de la trahir de la manière la plus éclatante.

Eclairés par la plus terrible expérience, nous étions déterminés à nous donner, dans les trois députés que nous allons nommer, des défenseurs sages, mais énergiques; attachés au gouvernement, mais fidèles avant tout à la cause de la vérité, de la justice et des opprimés. Tous les protestans, tous les constitutionnels, avaient fixé d'avance leurs suffrages sur un écri-

vain célèbre, dont les talens éminens
et le caractère bien connu eussent été pour nous une sauve-garde
toute-puissante. L'homme qui vient de
répandre, dans le Gard, une circulaire,
avait lui-même partagé, excité notre
détermination. Il défait donc aujour-
d'hui son propre ouvrage, et le temps
nous apprendra si c'est à tort qu'on
croit ici qu'il sacrifie notre cause à sa
propre fortune.

Quoi qu'il lui arrive, il n'en est pas
moins vrai que si ses intérêts ont
changé, les nôtres sont demeurés les
mêmes; que ce que nous voulions il y
a deux mois, nous le voulons et nous
devons le vouloir encore, et que nous
rougirions d'être les instrumens de la
fortune ou des desseins de quelques
individus, lorsque nous ne devons
nous occuper que d'assurer notre repos et nos garanties pour un long
temps.

Nous n'avons aucune prévention contre le nouveau candidat qu'on veut nous faire adopter ; mais il est trop près du pouvoir, trop lié avec ceux qui l'exercent, pour que nous puissions raisonnablement le préférer à un homme qui réunit au plus haut degré le courage, les opinions, les intérêts et la force morale, en un mot, toutes les conditions que nous devons exiger d'un défenseur de notre malheureux pays. Enfin, il nous faut des députés qui n'aient pas d'autre cause à servir que la nôtre. Nous ne pouvons pas avoir, nous dit-on, un meilleur protecteur que le grand personnage qu'on nous propose de nommer, et on nous fait les plus brillantes promesses ; mais quelles garanties réelles nous offre-t-on? Des destitutions d'hommes dangereux sont certainement une très-bonne chose ; mais les destitutions se révoquent comme elles s'obtiennent; de sorte que si le systéme du ministère changeait, si le parti de 1815 reprenait le dessus, si les destitués rentraient en place, le Gard se retrouverait dans la même position où il a été.

Que si, au contraire, le Gard avait une députation qui lui fût dévouée, par principes, par honneur et par son propre intérêt, nous n'aurions rien à craindre de tous les changemens, de tous les événemens; nous n'aurions plus à craindre qu'un silence coupable fût gardé sur les projets ou les crimes qui pourraient se renouveler, et le voile qui couvre nos malheurs serait levé pour toujours.

Nous ne prendrons donc pas le change, nous ne sacrifierons pas une députation déjà convenue entre nous, et qui doit nous protéger pendant cinq ans, aux promesses qu'on nous fait aujourd'hui, et à des faveurs momentanées , que le député que nous voulons plus particulièrement saurait

bien obtenir; car il ne faut pas s'y
tromper : l'expérience prouve que les
hommes qui imposent par leur fer—
meté sont plus sûrs d'obtenir ce qu'ils
demandent, au nom de la justice, que
ceux qui jouent le rôle de complaisans.

V. S.

Suite de la harangue de P. Pithou, aux Etats des Ligueurs.

C'est l'ordinaire des grands d'aimer les trahisons, et de haïr mortellement les traistres.

Eux-mesmes suscitent coutumièrement les rébellions, pour arriver à leur dessein ; mais y estans parvenus, ils ne favorisent jamais les rebelles. Ils ne s'y fient poinct, et ont raison : car ils savent bien que ces gens-là se rendront tousiours flexibles aux passions du premier qui voudra négocier et marchander avec eux, qu'ils ont les consciences vénales et mercenaires, et les cœurs disposez à perpétuer les nouveautez et changemens.

Ce sont esprits mobiles et inconstans, ennemis du repos et de la paix, auxquels l'estat présent desplait tousiours, si n'est en leurs mains, et qui pour se sauver vous jetteront là, ou feront si bien que vous périrez, quant et quant eux, ne voulant qu'âme vive, si ce n'est d'abord après la leur, et point avant.

Voulez savoir l'exercice ordinaire de messieurs les grands ligueurs et petits, voici :

Brigander son prochain, ou massacrer ;

Outrager les gens en toutes sortes de manières ;

Faire faux témoignage et délation, pour arracher de bonnes places à ceux qui y sont ;

Juger de vengeance, afin de faire tourner à bénéfice les arrests ;

Accuser tout le monde qui n'a pas la barbe à la ligue :

Avoir tousiours la messe, la religion, sacremens, belle prédication
en bouche, et l'impiété dans le cœur,
avec endurcissement et cruauté aux
effets ;

Bref, violer les lois divines et humaines, c'est la marque infaillible d'un
catholique zélé.

Quel bon traictement peut-on attendre de vous, si vous estiez parvenus
où vous aspirez, veu qu'au lever de
vostre espérance, vous faictes tous les
actes des tirans les plus débordés qui
furent jamais?

Mais, pour le moins, si vous n'êtes
du tout hébétez, devez-vous croire que
tant de gens d'honneur et qui ont trop
plus de courage et magnanimité que
vous, lesquels vous avez si vilainement
et si injurieusement traitez, auront un
ressentiment perpétuel des outrages que
vous leur avez fait recevoir : et ceste
seule considération vous doit servir

d'un cruel bourreau, qui vous accom-
pagnera jusqu'au cercueil, et dont le
tremblement et effroi vous en survien-
dra, lorsque serez prêts à rendre l'âme
pour paraistre devant le terrible
juge.

Mais non : ceux qu'avez si sangui-
nairement et si rustrement offensés,
c'est parce qu'ils étaient bons, tandis
que vous estiez meschants; et dans
l'âme des bonnes gens, n'y a place pour
vengeance, ni pour rancune, et seront
ainsi oubliés, par ceux-là même qui les
ont portés, vos crimes et barbaries, qui
ne feront plus mal qu'à vous, par re-
mords.

Et vous, braves gens, qui n'estes
en la ligue qu'à mal escient, que par
duperie, croyant bien faire, connaistrez
vous pas maintenant que vous avez
esté abusez et séduits malheureusement, par les impostures de vos chefs,
lesquels, aux dépens de vos biens, de

vos vies et de vos honneurs, veulent vuider leurs différens, et vous rendre les ministres de la tyrannie qu'ils prétendent establir ?

Ne découvrez-vous pas appertement que vous avez esté incorporés là-dedans, pour ce que vous avez du sang à répandre pour l'avantage des chefs, prédicateurs et autres rebelles de grand lieu ?

Ne voyez-vous pas maintenant le jour au travers de leurs damnables artifices et piperies, par le moyen desquels ils vous ont faict prendre le noir pour le blanc, vous ont tousiours déguisé la vérité par mensonges et hypocrisie, et au lieu d'avancer nostre religion, eux-mesmes la renversent et détruisent, si vous ne vous y opposez enfin vertueusement ?

Ne jugez-vous pas, à l'œil, l'intention des principaux séditieux de la ligue par leurs deportemens, et que, pour

leur ambition, avarice, on autres in-
térests particuliers, ils abusent de
vostre crédulité, ils vous font espou-
ser leurs querelles, et, par ce moyen,
font tomber sur vous et vos familles le
faix de la guerre et la ruine de ce
royaume ?

N'est-il pas temps d'ouvrir les yeux
et de chercher vous-mesmes les remè-
des propres à vostre mal, et détour-
ner le péril éminent qui vous talonne,
sur ceux qui vous y ont poussé si
avant?

Ce sont gens désespérés qui sentent
dans leurs âmes avoir commis tant
d'actes de félonie, tant offensé de
gens de bien, pillé et saccagé tant de
familles, enfin leur conscience les
juge estre causes de tant de maux,
qu'ils se résoudront à toutes choses
extrêmes, vous feront de nouveau ju-
rer et protester de courir mesme for-

tune, et s'efforceront de vous perdre en la compagnie d'eux-mesmes.

Ils n'ont point de passage pour évader, et ne veulent que vous en ayez, pourquoi ils veulent que vous estoupiez ceux par lesquels vous pouvez vous sauver. Donnez-vous-en bien garde. Il y a trop de différence entre votre faict et le leur, et ne tiendra qu'à vous que ne soyez hors du danger, pourveu que les abandonniez promptement.

Je sais bien que vous trouverez de la résistance de la part de quelques furieux et désespérés, qui sont comme les membres pourris du corps politic; mais il est raisonnable que les saines parties, dont le nombre est bien plus grand (grâce à Dieu), et qui ne sont que peu ou poinct infectées du venin de la ligue, qui est la véritable rébellion, et unique parmi nous, périssent par là contagion de quelques-unes qui sont incurables, et ne demandent que le feu et le rasoir.

Dieu merci, vous ne courrez pas le hasard de ces troupes de gens de guerre qu'on décime à cause de leur trahison ou rébellion. Vous ne laisserez pas vos personnes et vos familles sujettes au sort et à la malheureuse fortune.

On sait les noms et surnoms des pillards et meurtriers, et des auteurs, grands comme petits, de la conjuration.

Ils n'eussent esté rien, n'est que vous les avez soutenus de vos forces, moyens et faveurs, jusques à ceste heure.

Vous ne les cognoissiez pas, vous avez appris à vos dépens quels gens ce sont : ils faut donc nécessairement que vous les abandonniez présentement, gens de bien que vous estes, qui courrez aujourd'hui fortune, et estes à deux doigts près de vostre ruine, à l'occasion de ces meschans ambitieux et brigands-là.

Retournez donc, messieurs, retournez et vous réunissez avec nous, reprenez l'habit, la livrée et le titre de vrais Français. Ne soyez pas déserteurs de vostre patrie qui a les yeux fichés sur vous, et attend sa délivrance de vostre franche réconciliation avec nous, et vous verrez l'estranger, qui s'est glissé parmi nous, s'amadouer, et faire le bon compagnon d'amitié, au lieu de trancher du grand maistre.

Recognoissez, par leurs effets, que ces fameux ligueurs ne sont catholiques qu'en papier et en parole, et sachez vous retirer à propos des machinations et entreprises des factions, de ces tyranneaux, pour n'estre pas partageans du grand dommage, ruine, et confusion de tous les meschants qui les

auront assistés jusqu'à la fin; votre re-
tour fera la consolation de tous les bons
Français.

Je prie notre Seigneur qu'il lui
plaise vous envoyer son Sainct Esprit
pour vous illuminer et vous rendre
capables des conseils salutaires que je
vous donne. Ainsi soit-il.

DÉPUTÉS A ÉLIRE.

M. Manuel.

ON ne doit pas s'étonner si, dans un gouvernement représentatif, les hommes doués du talent de la tribune, et qui s'y montrent animés de l'amour de la patrie, parviennent rapidement à la célébrité. L'opinion publique sent si bien le besoin qu'elle a d'eux, qu'elle se hâte non-seulement de les payer des efforts qu'ils ont faits en faveur de la cause nationale, mais même de les ré-compenser d'avance de ceux qu'ils sont encore en état de faire. M. Manuel a recueilli cet avantage. Livré par goût, dès l'âge de dix-sept ans, à la carrière

des armes, ce n'est qu'après plusieurs
campagnes en Italie, et lors du traité
de paix de *Campo-Formio*, qu'il vint
s'établir à Aix, et prit place dans le
barreau de cette ville. Il ne tarda point
à y mériter l'estime et la confiance publique, autant par la noblesse de sa
conduite que par l'heureux emploi d'un
talent long-temps ignoré de lui-même.
Toutefois la grande réputation qu'il
s'était acquise dans une contrée féconde
en orateurs, ne le devança point à la
chambre des représentans, à laquelle
il fut appelé, en 18ı5, par les vœux
de ses concitoyens ; mais ses premiers
discours n'en produisirent que plus
d'effet, et bientôt il fut placé, dans l'o-
pinion, au premier rang des orateurs
de cette époque. Son éloquence se
montra sans aucun des défauts qui
naissent souvent des habitudes du barreau, et avec la plupart des qualités
qui devaient la rendre éminemment

utile dans les discussions au milieu desquelles elle allait s'exercer.

Une diction claire, simple et sans prétention ; une dialectique serrée ; l'art d'analyser les discussions les plus compliquées, et d'amener une conclusion ; le pouvoir d'enchaîner les passions des autres, en maîtrisant les siennes ; enfin cet heureux don d'improviser, qui fait le désespoir de certains orateurs, parce qu'il sert à dévoiler sur-le-champ la faiblesse de leurs argumens, et quelquefois la perfidie de leurs intentions ; ces diverses qualités si utiles et si rares fixèrent en peu de jours l'attention générale sur un homme naguère inconnu, et qui, malheureusement, devait être sitôt réduit au silence. Dans ces momens si difficiles, quelques-uns des collègues de M. Manuel, qui ignoraient que jusqu'alors il était resté tout à fait étranger aux menées de la politique, crurent apercevoir dans la prudence dont il fit preuve, et que la chose publique réclamait si hautement, une excessive circonspection. Eux-mêmes lui rendirent bientôt justice, lorsque les circonstances devenant plus critiques, lui donnèrent lieu de développer toute la franchise de son caractère et toute l'énergie de son patriotisme. Au milieu des périls de toute espèce, dont la nation et ses mandataires étaient menacés, son talent sembla prendre de nouvelles forces ; mais son courage et son dévouement à son pays parurent alors encore plus remarquables que son talent. Après la dissolution de la Chambre des représentans, les événemens qui se passaient dans le midi de la France, déterminèrent M. Manuel à se fixer à Paris.

C'est alors qu'on a vu une chambre d'avocats refusant d'inscrire sur son tableau un homme placé depuis douze ans à la tête d'un autre barreau, par la réunion de toutes les qualités qui peuvent faire distinguer dans cette carrière honorable, le repousser en rendant hommage à ses qualités, et sous le seul prétexte de ses opinions politiques. Grâce à l'estime publique et à son talent, cet acte d'injustice qui vient d'être renouvelé en 1818, n'a point empêché M. Manuel de se fonder dans son cabinet une existence honorable; et si l'interdiction à laquelle il a été réduit n'a pas toujours permis à ses cliens de donner l'éclat de la publicité aux soins qu'il a pris pour leur défense, il n'en est pas moins certain que d'illustres accusés, et des hommes de toutes les classes, poursuivis par suite du système suivi avant le 5 septembre 1816, ont dû un appui utile à sa plume et à ses conseils.

Tel est le candidat que de vrais patriotes présentent avec confiance aux
électeurs amis de leur pays. Sa conduite
toujours la même, la constance de ses
principes, son noble désintéressement,
la droiture de son caractère, son amour
pour l'indépendance, enfin l'estime
des plus illustres citoyens de notre
époque, doivent concilier à cet orateur les suffrages des vrais Français.

On peut ajouter à tant de garanties
celle qui semble naître de l'espèce
d'acharnement montré contre M. Manuel par un parti anti-libéral, lorsqu'aux premiers scrutins des élections
de 1817, de nombreux suffrages firent
présager sa nomination. On paraît
vouloir encore recourir aux étranges
moyens qui ont réussi l'an passé. Espé-
rons que cette fois ils tourneraient à la
honte de ceux qui n'auraient pas rougi
de les employer.

DÉPARTEMENT DE L'INDRE.

M. de Bondy (député sortant), *ancien préfet du Rhône et de la Seine.*

Le nom de M. de Bondy se recommande honorablement par la conduite de toute sa vie : son administration équitable et douce, et son courage dans les circonstances les plus alarmantes, lui ont acquis l'estime et l'attachement des Lyonnais. Préfet de Paris à une époque difficile, il y a montré autant de fermeté que de sagesse.

Étranger à toute exagération, ne voyant que son pays, se dévouant à lui sans réserve, M. de Bondy a acquis de si justes droits à l'estime de ses compatriotes, que ce serait leur faire injure de douter de sa réélection, car en est-il un seul, parmi eux, qui ne

sache que, comme député, il á cons-
tamment soutenu les libertés natió-
nales; que son discours sur la loi du
recrutement a été extrêmement remarquable; et, enfin, qu'il s'est montré
partout homme de bien et bón Français?

M. Garat.

« Nous allions faire imprimer, sur
M. Garat une notice dans laquelle,
s'appuyant sur les faits, et sans jamais
proférer une seule louange, l'excellent
Français duquel nous la tenions, pei-
gnait cet homme si digne, dans tous
les temps, de la confiance des amis de
la liberté constitutionnelle, en faveur
de laquelle il parle et il écrit depuis
1789 : nous nous plaisions à signaler
aux électeurs du Béarn l'un de leurs
compatriotes les plus justement célé-
bres. Les ennemis de M. Garat eussent
été réduits à un honteux silence, en

lisant la longue énumération des services qu'il a rendus à son pays ; nous pouvons dire même que la notice qui le concerne eût été admirée comme un chef-d'œuvre de vérité, de force et de justice ; l'un des citoyens sur lesquels plus de traits envenimés ont été lancés, et qui a été si cruellement victime des armées étrangères, eût été dignement vengé ; l'auteur avait emprunté à l'abbé Edghworth , qui a reçu le dernier soupir de Louis XVI , des témoignages si éclatans, qu'ils auraient fait rougir les plus effrontés détracteurs de M. Garat ; mais celui-ci a appris notre dessein ; quelque résistance que nous lui ayons opposée , il a triomphé de notre résolution , et nous avons dû supprimer sa notice.

Belle leçon de modestie et de désintéressement personnel pour ces hommes sans mérite qui voudraient que la

Renommée, avec ses cent bouches, publiât en tous lieux leur éloge ! Belle réponse de M. *Garat* à ceux qui ont voulu empoisonner sa vie et la ternir ! ! !

———

Nous aurions voulu pouvoir offrir, avant les élections, une plus grande quantité de notices sur les députés à élire, mais l'espace nous a manqué.

S'il se fût agi du renouvellement entier de la chambre, nous n'aurions pas hésité à consacrer nos tomes tout entiers à la publication de ces notices, parce qu'alors elles eussent été d'un intérêt général ; mais les quatre cinquièmes des départemens n'ont point de nominations à faire cette année, et ainsi nous nous serions exposés à mécontenter le grand nombre de nos lecteurs. Nous ne pouvions donc publier qu'un petit nombre de ces noti-

ces, et nous nous trouvons, par-là, très-
en arrière de ce que nous aurions voulu
faire.

Cependant nous voulons signaler
ici aux colléges quelques-uns des candidats dont nous publierons plus tard
les titres à la confiance publique ; c'est
le seul témoignage que les circonstances nous permettent de leur rendre,
en attendant que nous puissions leur
donner une place plus distinguée dans
les tables électorales que nous for-
mons.

M. Camille Jordan.

Nous eussions pu, sans flatter
M. Camille Jordan, le peindre sous les
plus nobles couleurs, en invoquant les
faits et les discours qui déposent du mérite, du courage, de l'éloquence, de la
pureté de principes et de l'indépendance
constitutionnelle de ce conseiller-d'état.
Nous aurions pu le montrer homme

d'état loyal, consciencieux et constitutionnel franc; mais lorsque nous avons
appris sa nomination à la présidence
du collége de son département, nous
n'avons plus douté de sa réélection,
et nous avons jugé inutile de faire imprimer la notice que nous lui desti-
nions, au cas que quelques empêche-
mens, dont nous avions eu avis,
l'eussent éloigné de la présidence qui
lui a été confiée.

Nous ne pouvons croire qu'il soit
possible d'apprendre quelque chose
aux habitans de la Bresse et de Lyon,
sur le bonheur qu'ils ont d'avoir pour
compatriote, ou pour voisin, et surtout pour défenseur, M. Camille Jordan, et il n'est pas à croire que sa
nomination soit incertaine; car les
ministériels ne s'y opposeront point,
et les contre-révolutionnaires n'ose-
raient braver l'opinion au point de

contester les titres d'un homme qui fut proscrit au 18 fructidor à cause d'eux,

M. Martin de Gray.

Nous voudrions avoir une certitude aussi complète sur la réélection de M. Martin de Gray. Cépendant, nous sommes loin d'être inquiets à ce sujet; car le moyen de supposer possible que l'orateur qui a fait une si grande sensation dans la Chambre, et dont le discours aussi éloquent qu'énergique a étonné ceux-mêmes qui ont conservé les souvenirs de notre ancienne tribune, le moyen, dis-je, de supposer qu'il ne réunisse pas la majorité des suffrages, dans un pays qui aime la liberté, et qui doit être fier de l'avoir pour représentant?

MM. Grammont, de la Haute-Haute-Saône (député sortant), et Praslin, de Seine-et-Marne.

S'IL n'est rien de plus difficile pour

l'homme que de triompher de ses propres vanités et des habitudes hérédi-
taires, l'on ne peut se refuser à dire
que MM. Grammont et Praslin ont,
sous ce double rapport, un mérite bien
grand ; car ils sont nés l'un et l'autre
dans des rangs où l'habitude de la do-
mination et du mépris du peuple étaient
portés si loin, qu'il leur a fallu une rare
élévation d'âme pour amener en eux-
mêmes le triomphe du *citoyen* sur le
grand seigneur. Or, ce triomphe a été
complet, car l'on ne citerait pas en France
des amis plus sincères de la liberté, et
des patriotes plus prononcés que ne le
sont MM. Grammont et Praslin ; aussi
nous croyons que les deux colléges qui
nous donneront pour défenseurs de nos
libertés, dans la chambre, MM. de
La Fayette et Martin, nous donneront
aussi, dans peu de jours, MM. Praslin
et Grammont.

M. de Latour-Maubourg.

Nous ferons à M. de Latour-Maubourg l'application du même principe. Le nommer, c'est réveiller dans le cœur des vrais Français une foule de souvenirs plus honorables pour lui les uns que les autres. M. de Latour-Maubourg, honoré par la même proscription, par les mêmes infortunes, par le même courage et la même longanimité que notre Lafayette, s'est associé à sa célébrité. Il est donc peu de candidats sur lesquels nous puissions offrir, lorsque l'heure en sera venue, une notice historique plus remarquable. M. de Latour-Maubourg, que la chambre des pairs était fière de compter parmi ses membres, sera bientôt, nous n'en doutons point, arraché à sa retraite par les vœux de ses compatriotes, et l'on peut dire qu'en le nom-

ment député, ils rendront hommage à
la liberté et à la patrie.

MM. Etienne, Aignan, Jouï.

Lorsque nous publierons des notices sur MM. Etienne, Aignan et
Jouï, l'infatigable parti des ennemis de
la Charte et de la liberté s'écrira et fera
écrire par ses *valets-écrivains* qu'il existe
un pacte entre nous et les auteurs de la
Minerve. Qui sait même si l'on se bor-
nera à nous accuser de partialité, d'ac-
ception de personnes, et si l'on ne dé-
couvrira pas dans notre publication
les fils d'une trame révolutionnaire,
ourdie contre la monarchie et la légitimité ? car qui pourrait dire jusqu'où
l'impudeur et les dénonciations calom-
nieuses, à tant la page, peuvent être
poussées par certaines gens?

Proposer pour la chambre des auteurs de la *Minerve* ! quel crime im-
pardonnable ! quelle provocation di-

recie ou indirecie au bouleversement de l'Etat ! ! !

Cependant, nous observerons qu'à l'époque où M. de Marchangy s'est efforcé de flétrir, dans son réquisitoire, les auteurs du *Petit Livre*, la *Minerve* garda un profond silence.

Certes, nous sommes bien loin de lui en faire un reproche; mais il est à sa place que nous le fassions remarquer aux rêveurs de complots et d'associations contre la légitimité.

Nous savons que M. Etienne est porté par tous les constitutionnels de la Moselle; nous ne doutons donc pas de sa nomination, et nous sommes sûrs que les habitans de la Moselle, s'ils parviennent à l'avoir pour député, lui feront, lorsqu'il viendra parmi eux, une réception bien différente de celle qu'ils ont faite, cette année, à un ministériel sortant, car M. Etienne marchera sur les traces de MM. Dupont

de l'Eure, Bignon, d'Argenson , etc. ;
il méritera , comme eux , des témoignages d'attachement et de reconnaissance de ses compatriotes, et non qu'on
aille chanter, sous ses fenêtres ce plai-
sant et satirique refrain :

« Quels dîners ! quels dîners!
» Les ministres m'ont donnés ! ». (1)

_____

(1) Voir dans le tome 6, page 97, l'article intitulé : *La douleur suit de près le
plaisir*

IDÉES GÉNÉRALES

SUR LES PRISONS (1)

C'est dans les prisons que la tyrannie puise toutes ses forces. C'est par

(1) On parle à peine des prisons, et leur
régime intérieur est comme inconnu, je ne
dis pas à la foule, mais encore aux hommes
qui s'occupent davantage de la chose publique, et qui sont plus à la recherche des abus
de pouvoir et des actes arbitraires : cependant en quels lieux ténébreux conviendrait-il
plus de pénétrer le flambeau à la main ?

Nous avons aujourd'hui tant de concitoyens qui ont été plongés dans les cachots,
en divers temps, qu'il semblerait d'abord
facile de se procurer des renseignemens sur
ces horribles lieux de dégradation et de sup-
plice lent ; mais la plupart des hommes qui

les prisons qu'elle exerce ses vengean-
ces secrètes les plus infâmes, les plus
atroces ; c'est par les prisons qu'elle
glace d'effroi les hommes les plus ré—

en sont sortis ont une telle horreur de ces
lieux, ils redoutent tant d'y être jetés de
nouveau, qu'on en trouve peu qui aient le
courage de dire ce qu'ils ont éprouvé, ou ce
qu'ils ont vu.

Néanmoins nous nous sommes donné tant de
soins, nous avons fait tant de démarches, que
nous sommes parvenus à nous procurer une
multitude de renseignemens du plus grand
intérêt et de la plus grande exactitude : nous les
avons réunis dans un corps d'ouvrage que nous
publierons incessamment sur la *liberté indi-
viduelle et l'état des prisons*. Le morceau que
nous donnons aujourd'hui, et ceux que nous
donnerons par la suite, seront extraits de
cet ouvrage que nous nous proposons de
dédier à la chambre des députés, protec-
trice née de toutes les libertés publiques ou
individuelles : on pourra donc se former
d'avance une idée de l'intérêt qu'offrira
notre ouvrage.

Tome XI.   5

solus, qu'elle soumet et qu'elle étouffe
l'énergie des âmes les plus fortes, le
génie le plus sublime, le plus redou-
table, et jusqu'à l'amour de la liberté.
C'est par les prisons que la tyrannie
avilit et dégrada tous les citoyens :
nous allons la suivre dans sa marche.

On bâtit d'abord des prisons pour
les scélérats, les brigands et les vo-
leurs, sans effrayer la société ; on les
fit étroites, obscures, on y ajouta de
fétides et horribles souterrains, sans
qu'aucun citoyen eût même la pensée
de réclamer contre les emplacemens,
contre leur distribution intérieure ;
on ne s'effraya que d'en être voisin.

Les prisons ne devaient renfermer
que des *monstres*, des *incendiaires*, des
empoisonneurs, destinés au gibet. Ils
n'étaient plus hommes. Qui eût songé
à réclamer en leur faveur des sentimens d'humanité ? n'avait-elle pas
déjà vomi de son sein ces hommes de

sang et de boue ? elle ne leur devait donc plus rien que des supplices.

Cependant la tyrannie souriait à la stupide confiance des peuples : elle bâtissait, au milieu de ses acclamations de reconnaissance, les forteresses qui lui étaient nécessaires, non pour contenir les malfaiteurs et les brigands, comme elle l'annonçait pompeusement, mais pour asservir tous les citoyens, pour les dépouiller ou les décimer. Elle s'assurait les moyens de multiplier à son gré les supplices, les cruautés, en les dérobant aux regards de la multitude.

La tyrannie se fût exposée à de trop grands dangers si elle eût souvent immolé, en place publique, l'innocent, hors les temps de persécution générale : elle garda donc l'échafaud pour les scélérats, dont la mort serait regardée comme un bienfait pour la société ; mais elle eut ses prisons et leurs tortures pour supplicier en secret les innocens, et surtout pour frapper de stupeur le corps entier des citoyens.

Là, des geoliers impitoyables furent placés par la tyrannie pour lui servir de bourreaux à toutes les minutes; là, elle put s'abandonner, à couvert, à tous les excès de la vengeance et de la férocité; là, elle put changer les larmes en poison, faire expirer mille fois par jour, et durant des années, les victimes qu'elle serait forcée plus tard de rendre à la liberté; là, elle put tuer, par l'insomnie, le désespoir et les maladies, ceux dont elle n'eût osé frapper la tête avec la hache.

Le but apparent de l'établissement des prisons, les impuretés humaines dont on les remplit, tout s'accorda pour en faire, dans l'opinion, des lieux d'opprobre, dont on ne pouvait plus sortir que souillé.

On fût flétri pour avoir porté des

fers, pour avoir passé une heure en prison, pour avoir seulement été touché par les soldats de la maréchaussée.

Une famille fut notée de honte pour avoir eu le malheur de voir jeter en prison l'un de ses membres, même les plus éloignés ; les registres d'écrou demeurèrent pour déposer à jamais contre l'honneur des citoyens ; car on se contenta d'inscrire leur nom, avec les causes de leur détention, sans inscrire, à leur sortie, les preuves les plus éclatantes de leur innocence !

« Ces préjugés, d'abord glissés sourdement, puis consolidés par la tyrannie, à l'aide du temps, des ordonnances, des actes ministériels, etc., ces préjugés duraient encore en 1789, et il n'y a pas bien des années qu'on a entrepris de les faire revivre.

La flétrissure de la prison étant bien établie, il ne fut plus nécessaire aux oppresseurs d'obtenir un jugement contre un citoyen : pour le flétrir, il leur suffit de le faire arrêter et d'informer le public, devant lequel il ne pouvait plus se défendre, des circonstances adroitement aggravantes du crime qu'il n'avait pas commis.

Une première arrestation devint un titre pour en legitimer plusieurs autres contre un innocent, et l'*iniquité* prétendit ainsi se métamorphoser en justice (1).

Comme on avait habitué le peuple à mépriser les prisonniers, à se réjouir même de voir arrêter les citoyens, la

_____

(1) Nous citerons des jugemens dans lesquels la condamnation des prévenus se fondera, en partie, sur ce qu'ils ont été séditieux, rebelles ou incarcérés sous les gouvernemens antérieurs ; et l'on verra ainsi érigés en crimes le courage et la vertu des citoyens qui avaient osé lutter contre des tyrannies détestables, et qu'il était même ordonné de détester !

tyrannie parvint bientôt à les rendre
tous indifférens pour la liberté, et elle
en fit disparaître jusqu'à l'idée même
dans le peuple, en la tuant, en appe-
lant le mépris public sur tous les individus arrêtés.

Je ne pouvais me dispenser d'établir
ces propositions préliminaires : elles
seront comme le flambeau qui éclai-
rera les antres ténébreux au milieu
desquels je ferai passer mes lecteurs
rapidement, pour ne pas me mettre
moi-même trop long-temps au sup-
plice.

Martial SAUQUAIRE SOULIGNÉ,

(*La suite dans les autres tomes.*)

QUESTIONS DE DROIT

CONSTITUTIONNEL ET MUNICIPAL.

———

TOUT le monde sait, avec quelle pompe le clergé de la plus petite paroisse s'efforce de célébrer la fête de Dieu, et il faudrait avoir été paralytique ou prisonnier pendant quatre ans, pour n'avoir vu aucune des processions qui parcourent solennellement les rues et les chemins à l'époque de l'octave.

On sait avec quel empressement on a dressé, de nouveau, des *paradis*, des *reposoirs*, et combien les chrétiens de la bonne roche ont été heureux lorsqu'ils ont obtenu d'abord une invitation, puis un ordre de faire tapisser le

devant des maisons, sur le passage de
la procession.

Quoiqu'il y eût plus de vingt ans
que les augustes cérémonies de cette
grande fête se fissent dans l'intérieur
des églises; quoique la convention
entre Sa Sainteté et les consuls existe
toujours, puisqu'elle n'a pas été abro-
gée (1); quoique les protestans et les
juifs aient des temples à Paris, et
soient totalement étrangers aux obligations religieuses imposées aux catholiques (voir l'article 5 de la Charte.);
chacun a obéi à l'ordre de tapisser les
rues, personne n'en a contesté la lé-
galité, et l'on peut dire qu'il n'est
point de loi (sans excepter la Charte)
qui soit plus ponctuellement observée

---

(1) Aucune cérémonie n'aura lieu hors
des édifices consacrés au culte catholique,
dans les villes où il y a des temples destinés
à différens cultes. Art. 45.

que le réglement qui concerne les cérémonies de la Fête-Dieu.

D'où l'on doit conclure que le peuple
francais est extrêmement religieux , et
que ceux qui le taxent d'irréligion sont
d'effrontés calomniateurs , ou bien
qu'il est extrêmement soumis à l'autorité, et qu'un fil suffisant pour le con-
duire, il a besoin d'une législation
douce, et non d'une législation rigou-
reuse.

Il faut croire qu'il existe à Paris un
réglement qui fixe les obligations que
les propriétaires ou principaux loca-
taires ont à remplir à l'époque de la
procession; il faut croire que ce régle-
est imprimé, et qu'on le trouve dans
le code de la police municipale, car,
comment pourrait-on, s'il n'existait
pas, condamner les citoyens, dans un
pays où chaque jugement doit relater
les articles de la loi sur lesquels il se
fonde ?

Cependant il faut que ce réglement soit bien peu connu, car nous n'avons pu nous le procurer pour vérifier si le propriétaire ou le locataire est obligé à tapisser, non-seulement les murs de sa maison et de sa cour, mais encore ceux de ses enclos, quelque étendus qu'ils soient. Néanmoins il importe beaucoup que ce point soit éclairci, et que le réglement soit aussi précis, aussi connu que les lois elles-mêmes, et surtout qu'il soit obligatoire pour tous les citoyens de Paris, sans distinction.

Il importe plus encore de savoir si un réglement de police peut légalement ou *constitutionnellement* astreindre un citoyen à tapisser mille mètres de murailles de clôture, ce citoyen fût-il protestant, juif, quaker, musulman, etc.

En effet, l'article 48 de la Charte porte : « Aucun impôt ne peut être

» établi, ni perçu, s'il n'a été con-
» senti par les deux chambres, et sanc-
» tionné par le Roi. » Or, comme
chaque pièce de tapisserie de laine ne
coûte pas de loyer, moins de 5 fr., en
la supposant de la mesure de six à huit
mètres (y compris les vides), la dépense serait de 6 à 800 fr., et ainsi un
simple réglement créerait un impôt
annuel très-considérable pour quelques citoyens.

L'on va voir que ce n'est pas sans
sujet que j'élève ici ces questions.

Un vaste hôtel, situé au Marais, et
auquel est attenant un jardin de plus
d'un arpent, se trouve cerné par trois
rues; les murs de la cour et des bâtimens présentent une façade de cent
mètres, et ceux du jardin en présentent une autre d'une égale étendue.

La dame qui est propriétaire de cet
hôtel l'occupe depuis plus de qua-
rante ans, et, jusqu'en 1818, elle n'a-

vait été tenue qu'à tapisser la façade de
ses bâtimens et le mur de sa cour. (Des
témoins muets sont là, ce sont les
vieux clous.)

À la Fête-Dieu dernière, un employé de la police enjoint à cette dame
de faire tapisser tous les murs de son
jardin ; c'était doubler ses embarras, et
surtout sa dépense.

Madame de *** ne croit point de-
voir obéir à une injonction si nouvelle,
si étrangère à ses longues habitudes ;
car elle ne peut imaginer que, sous
la monarchie constitutionnelle, et au
temps de la liberté des cultes, on
puisse avoir le droit d'exiger des citoyens plus qu'on ne le fit au temps de
la monarchie absolue et d'une religion dominante.

L'employé de la police réitère l'injonction. Cependant madame de ***,
persiste dans son premier refus, et
croit avoir accompli tous ses devoirs,

eh réglant sa conduite sur les obligations qu'elle avait dans l'ancien régime,
et en faisant tout comme elle avait fait
depuis 1814; il est bon d'observer que
madame de ***, aussi respectable par
son âge que par son caractère de modération, s'était assurée qu'aucun réglement nouveau n'avait été affiché.

De là, procès-verbal, citation, et
condamnation qui a occasionné plus
de 20 fr. de dépense, y compris les
frais de toute espèce.

Mais ce n'est pas tout, on a an-
noncé d'avance à madame de ***, que
l'an prochain, s'il y a récidive, l'a-
mende sera bien plus considérable, et
on l'a menacée de trois jours de
prison.

Comme on le croit bien, la condamnation d'une femme entourée
d'une société nombreuse et distinguée
a fait du bruit : ses amis sont allés aux
informations, et ils ont découvert

que, dans le même quartier, les murs
de l'enclos du Temple, où l'on sait
que mademoiselle de Condé a fondé
un couvent, n'ont été tendus que sur
la rue du Temple et le long de la rue
de la Corderie, jusque devant la rue
du Grand-Chantier seulement; en
sorte que jusqu'à l'angle des boutiques
du Temple, il se trouve deux cents
mètres environ de murailles, le long
desquelles une procession a passé, et
qui n'étaient pas tendues.

Ce ne peut donc être à cause de
son irrévérence pour la religion, que
madame de *** a été condamnée, car
elle ne peut avoir commis une irrévérence, ou il faudrait dire, ce qui
est impossible, qu'elle lui serait commune avec une auguste princesse dont
l'éminente piété sert de modèle à la
France entière.

Madame de *** ne peut pas davantage avoir été condamnée comme dé-

linquante, car la princesse avait laissé deux cents mètres de murailles nues, et madame de***, qui n'a pas à son service les tapisseries du garde-meuble et une nombreuse suite de valets, ne s'est refusée à tapisser que cent mètres seulement.

Or, on peut assurer qu'aucun tribunal n'a cité, ni condamné, ni menacé la princesse. Cependant l'article premier de la Charte porte : « Les Français sont égaux devant la loi, quels que soient d'ailleurs leurs rangs et leurs titres. » Ce qui veut bien dire aussi, sans doute, devant les réglemens qui concernent les choses religieuses.

Nous n'aurions point parlé de cette condamnation quoiqu'elle soit récente; mais il y a une Fête-Dieu chaque année. Il est question d'une récidive, on menace une femme entourée de considération et de respect, de la mettre en pénitence chez un geôlier, on lui a re-

fusé communication du réglement, il
y a donc motif suffisant pour provo-
quer quelques éclaircissemens.

« Il faut qu'on juge aujourd'hui
» comme on jugeait hier, pour que la
» propriété des citoyens soit assurée et
» fixé comme la constitution même de
» l'état », disait, le 21 février 1815,
M. le président Desèze, dans la séance
d'installation de la haute-cour, dont il
est le chef. Il avait emprunté à Mon-
tesquieu cette citation, sans doute, à
dessein de rappeler un principe sacré,
sans lequel il n'existe plus ni justice,
ni état durable ; on ne trouvera donc
pas étonnant que nous citions, à notre
tour, le premier président, et que
nous ajoutions :

Qu'il faut juger tous les Français de
la même manière ; que le même acte
ne peut être licite et illicite, surtout le
même jour, dans la même commune
et dans le même quartier ; et enfin,

que la religion, qui est fondée sur la charité, ne doit jamais être une cause de différens, surtout entre les individus qui la professent également (1).

_____

(1) Madame de *** a exigé que nous n'écrivissions pas son nom, et nous avons dû lui obéir; mais il ne nous a pas été interdit de la nommer de vive voix.

APOLOGUE POLITIQUE.

AYANT rassemblé son troupeau
Que les loups avaient mis en fuite,
Un berger, changeant de conduite,
Usa d'un secret tout nouveau.
Les chiens, dit-il, ont moins d'intelligence,
Moins de ruse, moins de diligence
Que tous ces loups qu'on dit un peu vauriens.
Les chiens sont des gens fort honnêtes,
Mais c'est tout ; ils manquent de moyens :
La fidélité les rend bêtes.
Allons, prenons des loups pour chiens.

ANECDOTE.

Un homme de nom fort respectable fait des invitations pour un grand bal qu'il se propose de donner : il n'invite que ses connaissances, et nul ne sera admis qu'en présentant une lettre d'invitation directe (1). Certes, c'est bien-là prendre tous les moyens d'éloigner de sa maison la mauvaise compagnie, les espions et les traîtres.

La police, qui avait eu connaissance

---

(1) Ce fait s'est passé sous le ministère de M. Sottin-Coindière, ministre de la police sous le Directoire : on sortait à peine de la terreur.

du projet de M. de***, le mande, et
lui déclare qu'elle entend avoir, dans
son bal, au moins quatre agens. Qu'on
juge de la surprise d'un homme qui
avait porté si loin les précautions
pour s'assurer qu'il ne recevrait personne dont il ne fût sûr! Il pouvait à
peine contenir son indignation. Il eût
renoncé sur-le-champ à son projet;
mais il ne le pouvait plus, car toutes
les invitations et tous les préparatifs
étaient faits, la fête étant pour le
lendemain.

M. de *** fait d'inutiles efforts pour
obtenir qu'on renonce à lui faire pareille injure; mais en ce temps-là la
police pouvait déjà tout ce qu'elle
voulait. Cependant on veut bien composer avec lui. « Allez nous chercher,
» lui dit-on, la liste de ceux que vous
» avez invités, et nous vous dirons s'il
» nous est possible de vous épargner
» ce désagrément. »

M. de *** apporte sa liste, qui con-
tenait environ deux cent soixante
noms, on en lit à peine le quart, et
on la lui rend, en lui disant : « Vous
» pouvez vous tranquilliser, nous ne
» vous enverrons personne ; la pré-
» caution serait inutile, car vous êtes
» allé au-devant de nos intentions, en
» engageant un nombre de nos agens,
» bien plus grand que celui que nous
» voulions vous obliger de recevoir. »

J'ai dit que M. de *** était un
homme de nom, et n'avait fait ses
invitations que dans la première société de Paris ; j'ai dit que le temps de
la terreur venait à peine de finir :
aurais-je besoin de quelques ré-
flexions ?

LES PUBLICAINS
ET LES NÉGOCIANS.

Je dînais chez un restaurateur des Champs - Elysées, toutes les salles étaient remplies (c'était dimanche), et je n'avais trouvé de place qu'au bout de cette galerie qui entoure la maison, et où, comme chacun sait, on a le désagrément d'être assailli par les pauvres, par les chanteurs à voix aigre, et par le détestable son de la vielle et du violon.

Deux jeunes gens, dont le plus âgé n'avait pas vingt ans, me demandent la permission de prendre place à ma table ; pouvais-je la leur refuser ? Ils paraissaient bien élevés ; d'ailleurs, où auraient-ils pu se placer ? En outre, l'un d'eux avait un grand air de ressemblance avec mon fils, étourdi de dix-neuf ans, que je gronde sans cesse, et que j'aime bien tendrement ; car tous les pères se ressemblent, indulgens pour les enfans des autres, ils voudraient que les leurs fussent des modèles de perfection.

Le plus jeune, m'adressant la parole, me dit : Si Monsieur veut le permettre, nous ferons porter pour deux et nous partagerons l'écot. — Volontiers ! — — Monsieur est commerçant ? — Non, Monsieur ; mais j'ai un fils dans une fabrique d'Alsace que je destine à cette profession. — Sans indiscrétion, pourrais-je vous demander si ce n'est pas dans une fabrique de coton ? — Oui, vraiment, et dans l'une des plus importantes et des mieux administrées. — Nous faisons aussi le même

commerce, et nous sommes, comme
monsieur votre fils, ce qu'on a appelé
si spirituellement de vrais *calicots*.

Prenez garde, répondis-je, mon
fils ne porte ni moustaches ni éperons,
et vous..... — Oui ! oui ! voyez le
grand crime ! et cela valait bien la
peine de faire tant de bruit, de tourner en ridicule, non pas le costume,
comme on l'a prétendu, mais la profession. Il est sûr qu'ils ont belle grâce
à s'être moqués de nous avec leur mise
de l'autre siècle, leurs épées horizon-
tales, leur poudre et leur petit cha-
peau, avec leurs prétentions à la noblesse, et tant d'autres ridicules dont
ils sont couverts. Allez, allez, Monsieur, ils avaient bien un autre but dans
cette mystification ! ils voulaient rétablir ce qu'ils appellent les distances,
se moquer de l'industrie pour mettre
en honneur l'oisiveté. Avez-vous jamais rien vu de plus niais que le procès

Tome XI.

qu'ils nous ont intenté, et n'y a-t-il pas des gens qui voulaient qu'on fît de nous des conspirateurs ? Après le procès des cartes et des épingles, il n'aurait plus manqué que la conspiration des cuirasses de papier. Mais qu'ils ne s'y trompent pas, le temps passé n'est plus, et les calicots, puisque calicots il y a, ne sont ni les moins nombreux, ni les moins utiles. Ils savent bien distinguer ce que la révolution a fait de mal et ce qu'elle a fait de bien, et l'on ne détruira jamais le bien par le souvenir du mal. D'ailleurs, à qui les premiers torts ? aux privilégiés. Pourquoi, en 1789, n'adoptaient-ils pas de bonne grâce les principes que la Charte a consacrés vingt-cinq ans après ? Nous l'avons enfin cette Charte, et, quoi qu'ils en pensent, nous saurons bien la défendre.

On nous servit le potage, et le silence succéda à ce début de notre

conversation. Mes deux jeunes con-
vives étaient gens de bon appétit: il y
parut au dîner qu'ils se firent servir,
dont je leur avais abandonné le choix.
Mais les plats ne se succèdent pas
rapidement chez les restaurateurs, et
pendant que nous attendions un per-
dreau, il s'éleva entre mes deux com-
pagnons une discussion assez intéres-
sante pour être rapportée. Jusque-là le
second n'avait pas dit grand'chose;
mais on pouvait facilement apercevoir
que ses opinions sur les calicots étaient
les mêmes que celles de son camarade.
Ton cousin est-il toujours chez le ban-
quier ***, lui demanda son ami? —
Fi donc! il l'a quitté depuis qu'il s'est
fait publicain. — Publicain, répartit
le questionneur, je croyais qu'il était
négociant. — Oui, publicain, répartit
l'autre.

J'appelle négociant celui qui achète
une marchandise quelconque pour la

revendre à bénéfice, en approvision-
nant les marchés dans lesquels cette
marchandise manque, et en l'achetant
aux marchés où elle abonde. Sous ce
rapport, le négociant est un homme
utile à la société.

J'appelle publicain celui qui, sortant du cercle de ses affaires, afferme
l'impôt : spéculer sur les emprunts
publics qui n'ont d'autre garantie que
les impôts, c'est affermer l'impôt.
Ainsi le publicain n'est utile à la société, que comme un usurier est utile
au fils de famille qui veut se ruiner.
Tu me diras, peut-être, que les publicains sont utiles aux gouvernemens
dans les grandes calamités, par exemple, et je te répondrai que cela n'est
point ; car, qui dit gouvernement, dit
père de famille, à moins que tu ne
voulusses parler des gouvernemens
arbitraires, qui ne méritent pas que
l'on s'occupe d'eux. Or, un tel gou-

...ernement doit trouver dans les peuples tout le dévouement qu'il doit en attendre, et, dans leur secours, plus d'économie qu'on ne doit s'en promettre avec les publicains.

Je prends pour preuve de mon raisonnement le dernier emprunt qui vient de se faire en France. Il a été ouvert à un taux au-dessous du taux de la bourse, de telle sorte que celui qui y concourait avait un bénéfice assuré et un bénéfice considérable. Ce bénéfice, quoi qu'on en puisse dire, dépendait de la protection des femmes, des filles, des hommes de toute classe et de toute condition y ont été admis, à telles enseignes, qu'un médecin, fort ignare et fort riche, s'y est trouvé compris, sans l'avoir sollicité ; qu'il s'est réveillé un beau matin plus riche de 30,000 fr. que la veille, et le tout parce qu'il a l'honneur de tâter habituellement un poulx fort élevé.

Il est facile de supputer les bénéfices qui ont été faits dans ce dernier
emprunt ; et puisque en dernière ana-
lyse c'est le peuple qui doit payer les
bénéfices, pourquoi ne pas les lui faire
partager ? était-il donc si difficile d'y
faire concourir les préfets pour le
compte de leur département, ou de
trouver un homme assez riche et assez
honnête qui eût voulu se charger de
souscrire pour faire rejaillir ensuite les
bénéfices sur les contribuables au
marc le franc de leurs impositions
dans chaque département ?

Quand l'Etat emprunte, c'est toujours la nation qui fait l'emprunt,
c'est-à-dire, la masse collective des
contribuables, puisque chaque emprunt porte son intérêt qui est ajouté
à l'impôt. Si on me grève d'une dette,
il faudrait bien au moins me donner
les facultés de m'en libérer, et s'il y a
des avantages dans la libération, m'y

faire participer. Or, je dis que le seul moyen de faire participer les contribuables aux avantages de l'emprunt, c'est de le répartir par département. Je sais bien que ceux qui veulent concentrer tous les capitaux à Paris se récrieront sur l'impossibilité d'exécuter une pareille mesure, je suis convaincu même que plus d'un commis aux finances, très-habile à l'aide de son Barême, sourira de pitié; pourtant, rien ne serait plus facile.

Je le repète, il y a du mérite à gagner sa fortune comme négociant. Celui qui avance de grosses sommes pour élever une fabrique, pour faire des voyages de longs cours, a des risques à courir; mais où sont les risques du publicain, dont les bénéfices sont assurés d'avance? Certes, il est inutile d'être profond dans la science commerciale pour gagner de cette manière. Il n'est pas nécessaire

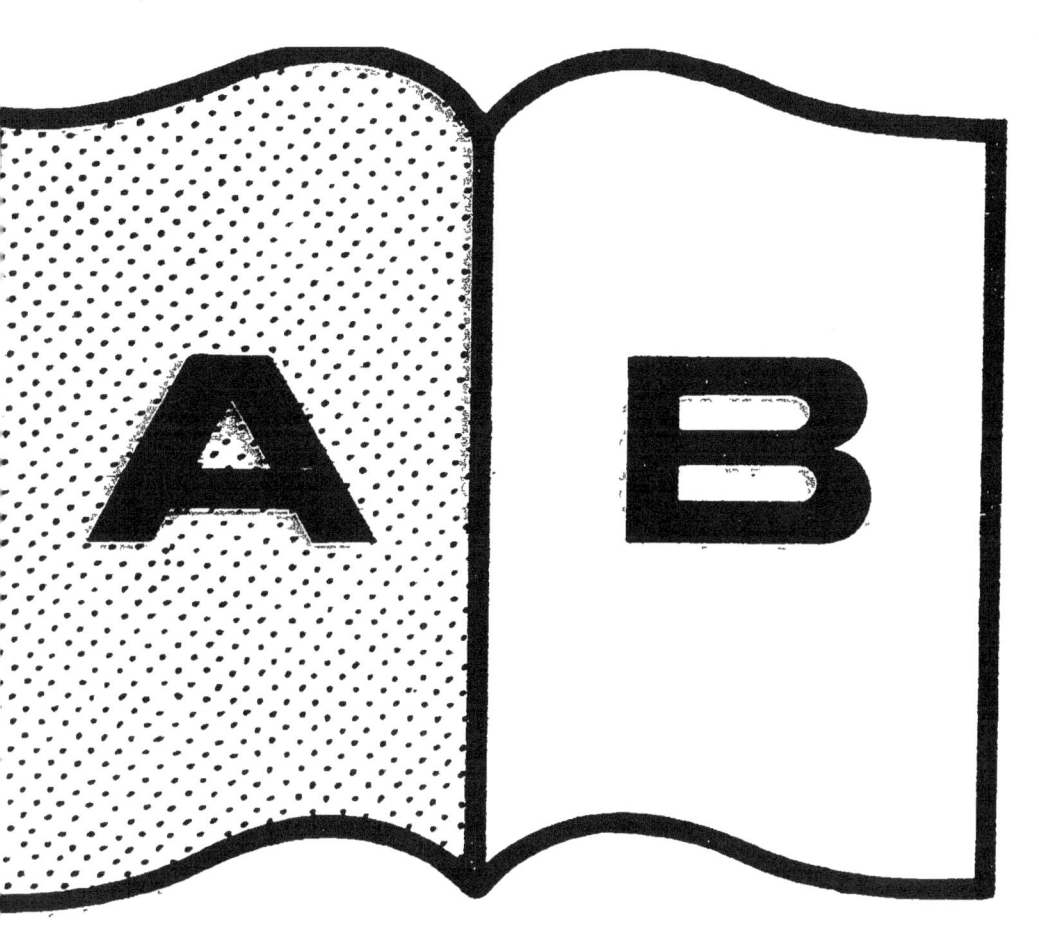

Contraste insuffisant

NF Z 43-120-14

« Il est facile de supputer les bénéfices qui ont été faits dans ce dernier
emprunt; et puisque en dernière ana-
lyse c'est le peuple qui doit payer les
bénéfices, pourquoi ne pas les lui faire
partager ? était-il donc si difficile d'y
faire concourir les préfets pour le
compte de leur département, ou de
trouver un homme assez riche et assez
honnête qui eût voulu se charger de
souscrire pour faire rejaillir ensuite les
bénéfices sur les contribuables au
marc le franc de leurs impositions
dans chaque département ?

« Quand l'État emprunte, c'est toujours la nation qui fait l'emprunt,
c'est-à-dire, la masse collective des
contribuables, puisque chaque emprunt porte son intérêt qui est ajouté
à l'impôt. Si on me grève d'une dette,
il faudrait bien au moins me donner
les facultés de m'en libérer; et s'il y a
des avantages dans la libération, m'y

faire participer. Or, je dis que le seul
moyen de faire participer les contribuables aux avantages de l'emprunt,
c'est de le répartir par département.
Je sais bien que ceux qui veulent concentrer tous les capitaux à Paris se
récrieront sur l'impossibilité d'exécuter
une pareille mesure, je suis convaincu
même que plus d'un commis aux
finances, très-habile à l'aide de son
Barême, sourira de pitié; pourtant,
rien ne serait plus facile.

Je le répète, il y a du mérite à gagner sa fortune comme négociant,
Celui qui avance de grosses sommes
pour élever une fabrique, pour faire
des voyages de longs cours, a des
risques à courir; mais où sont les
risques du publicain, dont les bénéf-
fices sont assurés d'avance? Certes,
il est inutile d'être profond dans la
science commerciale pour gagner de
cette manière. Il n'est pas nécessaire

d'avoir un crédit acquis par de longs
travaux ; il importe fort peu d'avoir
nom Pierre ou d'avoir nom Paul, il
faut être protégé, et voilà tout (1).

Voilà franchement ce que je pense,
tout en n'ignorant point que mes principes ne sont pas ceux que l'on goûte
le mieux aujourd'hui ; car il faut bien
que notre révolution traîne ses suites
après elle. Mais encore quelques années
de paix, et nous verrons. Au reste, j'ai
l'habitude de me guider sur les opinions des anciens, qui, presque partout, sont nos maîtres. Voyez ce qu'ils
pensaient des publicains que nous avons
appelé des traitans, et auxquels il
faut bien restituer leur ancien nom.

_____

(1) Qu'on ne dise pas que mon jeune
homme veut nuire au crédit public ; au
contraire, il veut l'étendre en intéressant
un plus grand nombre de personnes. Il est
l'ennemi des accapareurs.

Cicéron a beau prendre des ménage-
mens pour les recommander à son
frère qui gouvernait l'Asie, le mépris
perce à travers toutes ses recomman-
dations; et quoiqu'on nous cite Brutus
et Caton pour justifier les gains illi-
cites, on ne justifie rien du tout:
Cincinnatus, et tous les Romains des
beaux temps de la répubulique n'en
ont jamais fait.

J'étais ravi d'entendre ce jeune
homme, qui parlait avec véhémence,
toutefois trouvant quelque chose à
rabattre de ses assertions. Son compagnon ne disait rien. Et vous, lui
demandai-je, qu'en pensez-vous ? —
Ce que j'en pense, Monsieur, les sentimens de mon ami sont les miens, et
il ne vous a dit que ce que je sens
bien moi-même. Ah! Dieu me pré-
serve de sortir du cercle que je me
suis tracé! Mon père a perdu, par la

révolution, une très-grande fortune, et, réduit tout juste à ce qu'il lui fallait pour élever modestement sa famille, je tiens de lui-même qu'il n'a jamais goûté plus de bonheur que dans la médiocrité. Vivre dans une honnête aisance, mais en travaillant à accoutumer mes enfans à vivre de même, voilà toute mon ambition. Je suis bien jeune, et cependant je ris de pitié en voyant l'insatiable avidité de gens partis de bien plus bas que moi. L'exemple de mon père me servira toujours. Puissent les parvenus de notre temps n'avoir pas besoin d'une pareille leçon ; peut-être, n'en tireraient-ils pas le même profit !

Le dîner fini, je les saluai ; mais, en les quittant, je ne pus m'empêcher de me dire : Heureux le pays où les jeunes gens joignent le courage à l'amour du travail, et l'élévation des

sentimens à la modestie ! Heureuse
France ! puissent tous les enfans res-
sembler bientôt à ceux dont je viens
de me séparer !

PASCAL CROUZET.

OUVRAGES A LIRE.

Sur les Élections de 1818 ; par M. Benjamin Constant (1).

M. Benjamin Constant publia, l'année dernière, sur les élections, une
brochure qui eut un grand succès, et
qui lui mérita la reconnaissance de ses
concitoyens ; cependant cette brochure
ne produisit pas tout le bien qu'il s'é-
tait proposé ; elle se bornait peut-être
trop à la théorie : elle se répandit donc

(1) A Paris, chez Béchet, libraire, quai des
Augustins, n°. 57.

peu parmi ces estimables électeurs qui forment la majorité dans les collèges, et qui, trop occupés de leur utile industrie, n'ont pas assez de temps à consacrer aux méditations de la politique.

M. Benjamin Constant s'aperçut qu'il n'avait pas complétement atteint son but; il publia, plus tard, une feuille, sous le titre d'*Entretien d'un électeur avec lui-même*, et cette feuille eut un succès prodigieux, parce qu'elle était à la mesure de tous les esprits.

Cette double expérience, à ce qu'il paraît, n'a pas été perdue pour M. Benjamin Constant, et nous assurons que la brochure qu'il vient de publier sur les *Elections de 1818*, ne sera pas recherchée avec moins d'empressement que ne le fut l'*Entretien d'un électeur*, car ce dernier ouvrage est écrit avec tant de simplicité, qu'il n'est point d'esprit paresseux qui ne doive le comprendre sans le moindre effort.

M. Benjamin Constant a négligé toutes les beautés, toute l'élégance du style, toutes les formes oratoires qu'offre l'art. Il présente à ses lecteurs la vérité nue, simple, et elle n'en est que plus frappante. En lisant ce nouvel écrit, on croit entendre une conversation familière ; on ne pense point à l'écrivain, à l'homme profond ou célèbre par la vigueur de son esprit ; on cède à la force des raisonnemens les plus naturels ; on les comprend, on est entraîné, persuadé ; voilà tout.

M. Benjamin Constant débute par un acte d'impartialité et de franchise digne de remarque, et qui fait honneur à son caractère. Il expose d'abord les améliorations qui ont été introduites, depuis un an, dans notre législation, et les esprits les plus prévenus ne pourront se refuser à avouer que rien de ce qui pouvait être dit à l'avantage du ministère n'a été oublié, ou présenté sous un jour moins favorable que la vérité et la justice ne l'exigeaient.

L'auteur aborde ensuite les améliorations à faire; et dans son chapitre du *Concordat*, il fait entrevoir, en peu de mots, les malheurs que le concordat pourrait causer à la France.

Passant à la *liberté de la presse*, il démontre, par les faits, que, sous ce rapport, nous sommes bien plus mal qu'en 1817, et que la nouvelle jurisprudence nous a jetés dans un chaos inextricable.

Pour le prouver, il oppose les promesses solennelles des ministres, et la doctrine qu'ils ont professé à la tri-

bune, aux actes et à la doctrine de
messieurs les procureurs et avocats du
Roi, dans les nombreux procès inten-
tés aux écrivains depuis huit mois; enfin il oppose messieurs les procureurs
et avocats du Roi à eux-mêmes, et, de
cette double opposition, il fait ressor-
tir un contraste si étonnant, qu'on
peut à peine concevoir que le texte des
discours cité n'ait pas été dénaturé, ou
au moins commenté avec malice.

Mais si l'on consulte les journaux,
qui ont rendu nécessairement un
compte fidèle de tous les discours,
puisque la publication qu'en a été faite
n'a excité aucune réclamation de la
part des orateurs, tout doute est levé,
et l'on est forcé de reconnaître que
M. Benjamin Constant n'a fait que des
citations exactes.

A la vue d'un tel contraste, on
éprouve une douleureuse anxiété; les

idés qu'on s'était faites du juste et de
l'injuste sont bouleversées, et l'on sent
vivement combien il est urgent de composer la chambre d'hommes fermes,
éclairés, et capables d'apporter remède
à des maux dont les suites pourraient
être si funestes, non-seulement aux libertés du peuple, mais encore à l'Etat
lui-même.

En effet, lorsque les pouvoirs sui-
vent une marche opposée ou incertaine, ou seulement lorsqu'ils parlent
et agissent dans un sens différent, la
confusion ne tarde pas à s'introduire
dans les esprits, l'humeur succède à la
confiance, et les rapports de l'autorité
avec les citoyens, prenant un caractère d'irritation, on a tout à craindre
pour la paix intérieure.

Ce qui distingue M. Benjamin
Constant, c'est la modération avec laquelle il discute. Il a été, il est tous les

jours encore accusé grossièrement par
des valets de plume ; cependant il a
évité toutes personnalités : il nomme
ceux qu'il loue (1), et tait le nom de
ceux contre lesquels il s'élève. Il se
contente de citer les choses : il com-
pare les faits et les doctrines, puis il
conclut ; tout le monde concluera comme lui ; et nous ne craignons pas d'assurer d'avance que si on lui répond,
ce ne sera que par des injures, car ses
conséquences ayant pour prémisses des
faits ou des textes positifs, il est impossible de les attaquer par le raisonnement.

L'opposition dans laquelle l'auteur
place les principes des ministres et

_____

(1) L'on regrette qu'il ait oublié d'écrire
le nom de M. *Caumartin* à côté de ceux de
MM. Dupont (de l'Eure), d'Argenson,
Bignon et Chauvelin.

ceux des hommes que l'on connaît sous
le nom de *ministériels*, n'est pas moins
frappante que celle dans laquelle il a
mis les ministres et les procureurs ou
avocats du Roi. Il nous montre les
ministériels « toujours en avant du mi-
» nistère pour le despotisme, et tou-
» jours en arrière de lui pour la li-
» berté ». Il nous les montre « toujours
» satisfaits de la manière dont la Charte
» est ou n'est pas observée, et inquiets
» seulement du trop de liberté dont
» nous jouissons ». Il prouve par leurs
propres discours qu'ils tiennent à honneur de dépasser le but qui leur a été
fixé.

M. Benjamin Constant offre, dans
son dernier écrit, tant de nouvelles garanties, tant de nouvelles preuves de
son dévouement à la patrie, à la vérité, à la justice et à la liberté; il est
si franchement indépendant, et à la

fois si modéré, qu'on ne peut hésiter à croire qu'il sera bientôt appelé par ses concitoyens à concourir directement aux améliorations dont il prouve l'urgente nécessité. L'opinion publique se laisse par fois égarer, mais le temps, l'expérience, la raison la ramènent toujours au sentiment de l'intérêt commun, qui veut pour defenseurs des hommes dont le talent, le courage, la constance et les principes soient éprouvés.

Nous craignons donc peu les manœuvres que l'on emploie contre M. Benjamin Constant. Nous savons qu'on a répandu qu'il sacrifiait ses espérances, soit à Paris, soit ailleurs, mais nous savons aussi qu'honoré l'année dernière de trois mille suffrages, et n'ayant pas perdu une occasion de travailler à les mériter, il n'a jamais songé à renoncer à un espoir

qu'il met au-dessus de tout Il n'a pris à
cet égard d'engagement avec personne,
et reste étranger à toute intrigue. C'est
à la masse respectable des électeurs indépendans qu'il s'en remet pour juger
ses titres.

Quand on réfléchit à la puissante in -
fluence qu'a exercée, par ses écrits,
M. Benjamin Constant en faveur de
la liberté constitutionnelle; quand on
se rappelle combien de fois il a forcé,
n'étant que simple citoyen, l'arbitraire
à reculer, ou à s'arrêter, on ne peut
s'empêcher de faire des vœux ardens
pour le voir porté à la chambre. En
effet, si, ne tenant sa mission que de
lui-même; si, en face de messieurs les
procureurs et avocats du roi, il a fait
tant de choses, que ne ferait-il pas s'il
pouvait émettre librement toutes ses
opinions, et faire entendre la voix de
la vérité du haut de la tribune natio-

nale (1)? Nous n'emprunterons aucune
citation au nouvel écrit de M. Benjamin Constant, nous aurions trop à
faire, car ses raisonnemens forment

---

(1) Nous joignons ici quelques lignes seulement d'une Notice fort bien faite, qu'on
nous a prié d'insérer ; le petit nombre de
nos pages nous forçant d'abréger.

« Les vues de M. Benjamin Constant,
» sur les rapports des gouvernemens avec
» l'industrie, source de la prospérité des
» nations, le genre de protection qu'il ré-
» clame pour le commerce et l'industrie, la
» manière dont il signale les inconvéniens
» produits par les entraves que de faux
» calculs portent trop souvent l'autorité à
» mettre à son développement, contiennent
» tous les principes qui peuvent fonder, sur
» des bases solides, le système du commerce
» national, et il est bien à désirer que les
» pays les plus intéressés à notre prospé-
» rité commerciale, cherchent un appui
» dans M. Benjamin Constant. »

un ensemble tel qu'on ne pourrait les
détacher les uns des autres sans les af-
faiblir. Cet écrit sera, s'il n'est déjà,
dans toutes les mains, et nous croyons
avoir fait assez en exprimant les pen-
sées et les sentimens qu'il nous a ins-
pirés.

———

M. Lauze de Peret, en publiant sa
3ᵉ. Livraison (1), justifie les assertions
que nous avons faites à son sujet, dans
notre tome 9ᵉ. Il met à decouvert les
criminels complots, les horribles plans
d'une faction qui conspirait il y a vingt-

———

(1) *Eclaircissemens historiques* en réponse
aux calomnies dont les protestans du Gard
sont l'objet; et *Précis* des agitations et des
troubles du Gard. Les 1ʳᵉ., 2ᵉ. et 3ᵉ. Livraisons se trouvent à Paris, chez l'Auteur, rue
d'Anjou-Dauphine, n°. 11; et chez Poulet,
imprimeur-libraire, quai des Augustins,
n°. 9.

huit ans, il y a trois siècles, il y a six siècles, comme aujourd'hui, contre la liberté des peuples, contre l'honneur, la vie ou le repos et la fortune de tous ceux qui osèrent lui résister.

M. Lauze est arrivé aux faits, aux preuves de ces faits; il ne quittera plus son sujet; il ne lui reste plus, pour remplir son honorable tâche, qu'à dérouler à nos yeux les atrocités commises en 1815 et 1816 dans le midi de la France; car il a terminé le tableau moral et historique de la situation de son malheureux pays jusqu'en 1814.

Qu'il nous soit permis de rappeler ici 1°. un passage du réquisitoire du célèbre M. de Marchangy contre les trois premiers tomes de notre ouvrage; 2°. la courte réponse qui fut faite à ce passage du réquisitoire: cette double citation fera juger du dévoue-

ment courageux de M. Lauze, et elle
fera réfléchir, un instant, ceux qui ont
eu connaissance de la condamnation
prononcée contre nos trois premiers
tomes.

Extrait du réquisitoire.

« ..... Ces esprits indomptés, *nour-
ris* de *tempêtes* et de chimères, et qui se
trouvent *grands* parce qu'ils sont *monstrueux ; indépendans*, parce qu'ils sont
rebelles ; profonds, parce qu'ils sont
inexplicables ; courageux, parce qu'ils
sont *épargnés ;* ces êtres qui abjurent,
en quelque sorte, les institutions so-
ciales pour errer dans un vague *in-
défini*, sont tellement *transfuges de
l'ordre public*, que le plus léger frein
les irrite et les offense. Ces *sauvages
de la civilisation* ne voient la liberté que
dans ce qui favorise leurs goûts, leurs
intérêts, leurs habitudes, leur amour-

Tome XI. 9

propre. Tout ce qui est *positif* et légal,
tout ce, qui est pouvoir et autorité est
pour eux *despotisme* et *persécution*.

« Les passages les plus coupables
sont ceux que, par *pudeur*, nous ne
ferons que vous indiquer, et qu'on ne
nous reprochera pas non plus d'avoir
interprétés et dénaturés. Nous signa-
lerons notamment à vos méditations
tout le chapitre du 3e. volume, intitulé : *Encore sur Nîmes et le Gard* ; chapitre dans lequel on *prétend* que des
massacres et des dévastations sans
exemple, même dans les horreurs de
la révolution, ont été commis, moins
par les excès d'une populace déréglée,
que par les autorités qui refusaient
obstinément de faire cesser le désordre;
calomnie qu'il termine par ces mots :
*tout tuer pour tout sauver! quel calcul
dans un catholique.....! Pour rétablir
la tranquillité, il faut anéantir un
parti....* !, »

Extrait de la réponse qui fut faite à ce passage du réquisitoire.

« *Encore sur Nîmes et le Gard*, tel est le chapitre que M. l'avocat du roi signale, par quelques mots seulement d'accusation, comme le plus coupable, et toujours sans fournir des preuves.....

» Etrange mode d'accusation, dont on cherche en vain, un modèle dans les codes ! C'est, par pudeur, a-t-on dit, qu'on n'a point fait de citations...... Quel est donc ce crime énorme sur lequel on garde le silence, quand il s'agit de le prouver; et qu'on nomme monstrueux, quand on en requiert le châtiment ?

» J'ai à peine soulevé un coin du voile qui a caché, jusqu'à ce jour, tant de crimes si affreux, que c'est le cas de dire qu'ils ont été commis et

exécutés par les caraïbes de la civilisation....., J'aurais craint d'exciter,
avec trop de violence, le frémissement
national, en disant toute la vérité.
J'ai donc indiqué faiblement ses traces,
laissant aux historiens. à la décrire en
son entier.

 » Est-ce ma main qui est dégou-
tante de sang? est-ce ma plume qui
a ordonné ces massacres? Me rédui-
ra-t-on à la cruelle nécesssité d'exhu-
mer tous les cadavres, de montrer
toutes les plaies qui saignent encore?
Serais-je obligé, pour repousser de
si graves imputations, de révolter
l'Europe par mes accusations publiques contre des hommes sur lesquels
il est impossible d'exagérer en accusation ? *Encore sur Nîmes et le Gard!*...
c'est donc là que se trouve tout mon
crime!...... Ainsi ma condamnation
serait prononcée à cause de ce court

chapitre ; dont j'aurais pu faire plusieurs volumes ! Il est essentiel que
le monde civilisé le sache et ne
l'oublie pas......, »

___

Ecoutons maintenant M. Lauze de
Peret, parlant d'un *seul fait*, dans
l'avant-propos de sa 3ᵉ. livraison : on
jugera de ce qui lui reste à dire sur
tous les autres, puisqu'il a consacré
trois livraisons volumineuses à l'histoire de quelques mois de 1815 et de
1816.

« On a assassiné de sang -froid,
dit-il, en plein jour, et à plusieurs re-
prises, dans la même journée, devant
la maison du sous-préfet (à Uzès),
auprès de ses fenêtres, *bien en face,
exprès sous ses yeux*, avec le bruit des
armes à feu, et aux cris de *vive le roi !...*
Tairai-je le nom d'un tel dépositaire

de l'autorité royale? je ne le pourrais :
la ville sait quel homme elle avait alors
pour administrateur. Sa demeure do-
minait l'esplanade que l'indignation
rendra célèbre. C'est une triste et fai-
ble réparation, c'est une justice, c'est
une nécessité que désormais cette place
de sang porte le nom de place Va-
labris.

» J'ai le plan géométrique de cette
place, théâtre des boucheries de la
bande Graffan ; j'ai les preuves au-
thentiques des faits. Je serai obligé de
dire que l'*étonnante inaction de la garde
nationale*,... a permis qu'une trentaine
de misérables surpassât, en un sens,
les horreurs du 2 septembre à Paris,
et de la Glacière d'Avignon. Là, les
détails sont décisifs autant qu'horribles. Je me garderai de les omettre.

» Ce n'est pas ici le lieu d'en
dire plus. J'ai voulu montrer seule-

ment, par un exemple, que les inculpations *prétendues mensongères* n'avaient pas été *exagérées.*

» ..... Vingt-trois jours après ce jour funeste, six autres infortunés périrent au même lieu par un attentat semblable, et ils laissèrent vingt-trois enfans..... On verra de quelle manière une gazette de Nismes osa présenter cet évènement, et de quelle manière surtout un récit *officiel* l'arrangea, trois jours après, avec plus de *perfidie* et moins d'imprudence. »

Quels horribles tableaux M. Lauze aura à nous présenter ! car il n'est pas un lieu de massacre qu'il n'ait visité, et où il n'ait été interroger les spectateurs, les parens des victimes, les hommes les plus recommandables : il a défendu, comme avocat, plus de cent cinquante protestans traînés devant les tribunaux ; il a tous les dossiers d'accusations, de dépositions, de défenses ; et pour se faire une idée du courage de M. de Peret, qu'on sache qu'en plein tribunal, en face des juges, des assassins se sont élancés vers lui le fer à la main......... Mais n'anticipons pas.

Qu'on lise la proclamation royale du 1er septembre 1815 ; le journal *officiel* du Gard et ses nombreuses copies *arrangées* pour être répandues à profusion dans le Midi ; qu'on se rappelle le jugement des assassins du général Lagarde, l'impossibilité de trouver des témoins contre le fameux capitaine de la garde nationale, qu'on ne put juger à Riom, quoiqu'il tirât hautement gloire de ses propres forfaits ; qu'on s'informe du grand nombre de réfugiés du Gard qui sont encore aujourd'hui à Paris et en d'autres pays......, parce qu'ils n'osent rentrer dans leurs foyers...., *aujourd'hui encore......* on se fera une idée, au moins approximative, des égorgemens et de la terreur, auxquels cette portion de de la France fut livrée en 1815 et 1816.

Comme l'on voit, ce n'est pas sans motif que j'ai cité le réquisitoire de M. de Marchangy, un extrait de la réponse qui lui fut faite, et la condamnation de notre chapitre *sur Nîmes et le Gard.*

L'ouvrage de M. Lauze est d'une trop haute importance pour que nous n'en rendions pas un compte étendu; nous lui consacrerons donc un second article dans notre tome 12e.

NOTE.

« L'esprit de Dieu s'étant retiré du milieu des peuples, il n'est resté de force que dans la trace originelle, comme au temps de Caïn et de sa race. Quiconque a voulu être raisonnable a senti en lui-même je ne sais quelle impuissance du bien. Quiconque a étendu une main pacifique, a vu subitement cette main desséchée. Coupable envers les souvenirs, chacun s'est consacré à sa propre corruption, comme à un sacerdoce abominable. Il s'est élevé comme un vent de colère autour de l'édifice de la mort, et les flots des peuples ont été poussés sur lui.

» Ne dirait-on pas que nous touchons à ce formidable moment de la fin des siècles ? les peuples malades se sont entre-tués ; les mères ont entendu leur fruit se plaindre dans leur sein ; la machine ronde commence à trembler sur ses bases ; le soleil, qui n'éclaire plus que la mort au travers des nues livides, se montre terne et violet comme un énorme cadavre noyé dans les cieux. La lune se couvre de voiles sanglans ; les astres menaçans pendent à demi-détachés de leur voûte : la mort parcourt les royaumes sur son cheval pâle ; on se croirait au dernier soupir de la terre, et que l'heure fatale va frapper sur l'horloge impassible des âges. Dieu suspendrait-il les flots de sa création, et le monde, passant comme un fleuve tari, ne rentrerait-il pas dans son repos, afin que l'éternité règne partout ?

« ..... La génération audacieuse qui s'est
élevée a voulu creuser dans l'abîme qui la
séparait de son créateur : orgueilleuse, elle
a méconnu la voix de cette Religion, fille
des harpes et des torrens, qui faisait gémir,
au milieu de la nuit, la vestale sous les
dômes antiques de ses temples sublimes et
mélancoliques, comme sa pensée.

» ..... Puissent les Muses françaises se ras-
sembler enfin de tous côtés autour du *pouvoir
réparateur qui essuiera toutes les larmes en leur
préparant un nouveau siècle de gloire.* »

Ce passage fut publié en 1804, dix ans
avant la restauration, par M. le vicomte de
Chateaubriand, et ce n'est pas sans sujet
que nous le plaçons à côté de celui que nous
avons emprunté à M. de Marchangy, car
nos lecteurs auront sans doute quelque plaisir à comparer l'éloquence de l'un des plus
célèbres magistrats de notre âge, à celle de
l'écrivain qui a, pour ainsi dire, reçu l'apo-
théose de son vivant.

Si on lisait *la Gaule Poétique*, imprimée
à Paris en 1813, on trouverait entre M. de
Marchangy et le noble pair, un nouveau
trait bien marquant de ressemblance ; en
effet, à la page 19 du 1er. tome, sont écrits

ces mots : « Après les honteuses années de
» la révolution, où la terreur, le carnage,
» la famine, et tous les fléaux, creusaient
» l'effrayant tombeau de la France, on voit
» luire l'aurore qui, dissipant tant de nuages,
» enfante un *astre réparateur*..... »

Martial SAUQUAIRE-SOULIGNÉ.

FIN DU TOME XI.

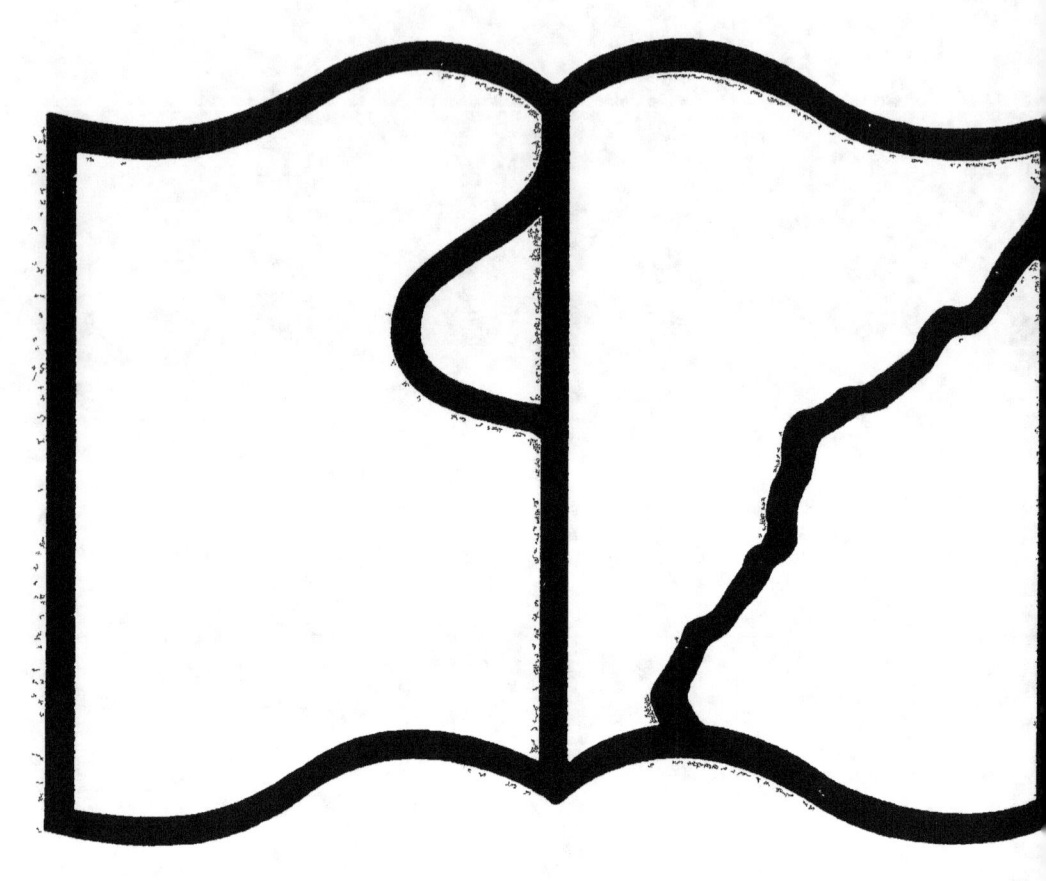

Texte détérioré — reliure défectueuse

NF Z 43-120-11

www.ingramcontent.com/pod-product-compliance
Lightning Source LLC
Chambersburg PA
CBHW060837250626
47162CB00005B/2097